RÉPLIQUE

AU SIEUR HOËNÉ WRONSKI,

FAISANT SUITE

AU MÉMOIRE

DE ARSON.

PARIS,

DE L'IMPRIMERIE DE P. DIDOT L'AÎNÉ,

CHEVALIER DE L'ORDRE ROYAL DE SAINT-MICHEL,

IMPRIMEUR DU ROI.

1818.

RÉPLIQUE

AU SIEUR HOËNÉ WRONSKI.

———

Les mêmes principes qui me poussèrent à démasquer le sieur Hoëné Wronski en le traduisant devant le tribunal de l'Humanité, me promettent un triomphe d'autant plus doux qu'il sera celui de tous les cœurs purs. Je regarde déja la *Réponse* de mon adversaire comme une victoire éclatante, car il y décèle son ame toute entière; les contradictions les plus tranchantes s'entre-choquent à chaque page, malgré tous les efforts de sa dialectique. L'exaltation de ses passions déchaînées, en lui faisant vomir des injures et des calomnies, ne lui a pas permis de déguiser ses sentiments intimes, et l'a contraint de fournir contre lui des armes à la vérité. Qui veut le connaître, ne trouvera pas de portrait plus ressemblant que son Mémoire. Mais parmi les vices dont il lui plaît de me gratifier, il y en a trois dont il ne lui était pas difficile d'offrir les traits caractéristiques; il se peignait devant une glace, et son cœur était la palette où il trempait ses pinceaux. Ces trois vices sont l'orgueil, l'avarice, le satanisme. Comprimons les mouvements de l'amour-propre justement révolté. J'ai pris le public pour juge entre mon adversaire et moi; je suis fort de sa probité et de la justice de ma cause.

Commençons par observer que les insultes que le sieur Hoëné Wronski me prodigue, en me taxant de faiblesse, sont bien méritées;

car j'ai été bien faible à son égard. Mais enfin quand la faiblesse ne nous porte pas à devenir l'instrument des méchants redoutables, c'est un défaut plutôt qu'un vice. Dans ce cas, on doit la plaindre, et non pas l'écraser. Or, consultant plus mon devoir que mes forces, je suis entré contre lui dans l'arène aussitôt que ses principes sacriléges que je ne faisais que soupçonner me furent évidemment connus. La Providence qui lit dans les cœurs ne me laissera pas succomber.

L'orgueil est le vice dominant de mon âme, dit mon adversaire, et il m'a fait commettre bien des fautes. Si j'en avais eu davantage, il n'aurait pas tyrannisé mon existence pendant cinq ans. Mais est-ce bien à M. Wronski à me reprocher de l'orgueil? Ses talents, fussent-ils plus grands encore, autorisaient-ils l'audacieuse témérité de prétendre pouvoir emporter avec lui dans la tombe des connaissances que le monde pourrait encore ignorer pendant dix siècles? * Dans mon fanatisme passé j'ai pu le croire; mais le persuadera-t-il à tous comme à moi? Il proclame ailleurs qu'il est au pinacle de la perfection morale à laquelle les plus vertueux de ses contemporains peuvent être parvenus : *Nul mortel* SANS EXCEPTION (ces mots sont en caractères majuscules dans son Mémoire) *n'apportera devant Dieu une plus pure offrande.* ** Un petit moment. M. Wronski, l'on ne vous en croira pas sur parole. Un homme *obscur* vous accuse de vouloir le dépouiller, lui et sa famille, pour récompense de ses services; quoique obscur, il ne faut pas qu'un homme lumineux, qu'un homme fier de ses titres de noblesse, *** l'écrase impunément; car il porte aussi figure

---

* Voyez la note de sa Réponse, page 8.
** *Idem*, page 16.
*** Je suis loin de déprécier la Noblesse; les fins qu'elle se propose d'atteindre sont trop utiles et trop respectables dans leur source, pour qu'on doive la rendre comptable des vices et des fautes de ceux qui ne semblent en recevoir des faveurs que pour la déshonorer. Qui n'accompagnerait pas de son respect une institution dont le but est de nourrir dans le cœur des enfants des hommes, déja fameux par leurs services, le généreux desir de remplir une carrière où ils

humaine. Faites-vous reposer votre vertu sur le certificat de moralité transcendante que vous a délivré votre beau-frère? Quant à lui, il s'excuse sans doute sur la parenté; mais cette pièce ridicule aurait fait rougir un homme doué de quelque délicatesse à qui on aurait osé proposer de la publier. Parmi les inconséquences et les contradictions sans nombre que votre orgueil vous a fait commettre, je me bornerai à relever celle-ci : «Les droits indestructibles que j'ai acquis sur lui, dites-vous en parlant de moi, sont, de son côté, *son existence morale qui est mon ouvrage,* et, du mien, la justice et la pureté de ma conduite à son égard.» Quant à la justice et à la pureté de votre conduite à mon égard, cela est encore à prouver. Mais si je suis tel que vous voulez me dépeindre, il n'y a pas de quoi vous glorifier de votre ouvrage. Prétendriez-vous avoir découvert la puissance de créer? Vous auriez alors raison d'avoir de l'orgueil; mais si toutes les créatures que vous tirez du néant moral doivent me ressembler, au nom de l'Huma-

---

sont appelés à défendre la patrie de leur épée, et à soutenir le trône par l'ascendant des vertus et la sagesse de leurs conseils? La vénération qui lui est due ne doit rejaillir que sur ceux qui en accomplissent les fins, si l'on veut conserver l'institution elle-même. Or, mon adversaire, habile à se prévaloir de mes plus petites fautes, relève avec finesse quelques démarches peu mesurées afin d'intéresser à lui les autorités sardes, et les pousser à servir ses ressentiments particuliers. Il compte trouver en elles les bas sentiments qui alimentent la flatterie toujours aux gages de la sottise; et c'est ainsi qu'il les outrage véritablement. Si, dans un mouvement d'impatience que m'arracha l'ordre qui me fut donné de comprimer mon indignation, j'ai été amené à parler des autorités sardes dans mon Mémoire, elles en découvriront la cause dans la vénération intime que j'ai pour la Vérité et la Justice, et ne me désapprouveront pas d'avoir voulu défendre mes droits devant le tribunal de l'opinion où tout homme peut faire entendre sa voix. La preuve que je les respecte et que je me repose encore sur leur religion qu'on a pris à tâche d'égarer dans mon affaire personnelle, c'est que je laisse sous leur protection ma femme et mes enfants.

C'est la première et la dernière fois que je relèverai les accusations captieuses où mon adversaire cherche à s'attirer des partisans, en flattant les passions basses ou frivoles; ce moyen est usé parceque les honnêtes gens le méprisent.

nité si chère à votre cœur, n'allez pas plus loin. Non, non,
M. Wronski, je ne suis pas tel que vous me peignez; mais si j'ai quelques vertus, elles ne sont pas votre ouvrage.

Je ne descendrais pas jusqu'à me disculper de votre accusation
d'avarice, si vous ne la donniez pour cause secrète de mes bienfaits.
Vous feriez de vains efforts pour en ternir les nobles motifs. Ils n'é-
taient pas, à la vérité directement adressés à un individu qui m'était
tout-à-fait étranger, (car où aurait été la raison de lui sacrifier la fortune que j'avais acquise pour mes enfants?) mais je vous les prodi-
guais pour contribuer à l'établissement de la Vérité, et pour vous
rendre plus indépendant et plus libre dans vos travaux. C'est là que je
puisais les raisons de répandre l'argent qu'il fallait pour l'impression
de vos ouvrages, pour vos nombreux besoins et pour toutes vos dé-
penses déraisonnables. Votre bibliothèque, qui peut s'évaluer à trente
mille francs, qui vous l'a achetée? Et les deux ameublements qui ont
décoré ou décorent encore vos demeures, dont l'un coûta dix mille fr.,
et l'autre vingt mille, qui les a payés? Et à votre entretien, et à vos
voyages, qui y a pourvu? Pourriez-vous contester ce que j'avance par
quelques preuves admissibles? Avec quoi souteniez-vous le train que
vous meniez? Était-ce avec le gain de vos écoliers? Était-ce au moyen
de la vente de vos ouvrages? Il y a long-temps que je me serais séparé
de vous si l'avarice m'y eût seule attaché.

Venons au point capital pour moi, car toutes vos inculpations
s'évanouiront d'elles-mêmes, en faisant rejaillir sur vous le vice abomi-
nable dont vous voudriez entacher mon existence. Vous m'accusez
de *satanisme*, vice odieux qui semble réunir dans sa dénomination
tous les projets pervers que pourrait enfanter l'orgueil et l'impiété
insolente qui attaquerait Dieu même, et voudrait usurper son empire.
Si un pareil vice pouvait se réaliser, il ferait à-la-fois horreur et pitié.
Mais qui de nous deux peut en fournir le plus de traits? Examinons
quels moyens vous employez pour parvenir à ma ruine; cela suffira
peut-être pour résoudre la question.

Vous n'avez pas rougi d'établir votre système de défense sur des principes qui ne peuvent recevoir d'application exacte hors de la sphère pour lesquels ils sont admis. Vous dites, à la fin de la note page 33, que, depuis la lettre que vous m'écrivîtes le 20 janvier 1813, jusqu'aux débats que votre avidité à me spolier moi et ma famille m'a forcé d'élever, *il n'exista entre nous que commerce, et qu'il n'en a été et n'en pouvoit être autrement.* Cette conception seule suffirait pour m'ouvrir les yeux sur votre moralité, quand même des raisons, je ne dirai pas plus, mais aussi convaincantes que celle-là, ne m'eussent appris jusqu'où l'ascendant de votre savoir m'avait égaré sur les qualités morales qui auraient dû l'embellir. Ainsi, vous me vendiez des vérités, et moi je vous les achetais dans l'espoir d'en retirer des avantages considérables. Quel trafic plus honteux y a-t-il jamais eu? Mais il vous appartient tout entier, car, je le déclare à haute voix, je ne me suis jamais imaginé qu'on pût considérer nos relations comme celles d'un marchand et d'un acheteur. Rien au monde ne saurait me le prouver.

Le bonheur ayant secondé mon travail, j'avais acquis une fortune honnête, qui me permettait de me livrer tout entier au savoir, vers lequel un puissant attrait m'avait toujours porté. Dans le tourbillon des affaires de commerce, il n'est guère possible d'étendre beaucoup ses connaissances philosophiques : aussi, quand je tombai entre vos mains, vos lumières vous permirent de m'éblouir d'autant plus facilement, que je n'avais pas de mesure certaine pour vous apprécier à votre juste valeur. Il vous fut donc facile de me séduire et de me tenir sous votre dépendance, en m'absorbant de travail et en abusant de ma crédulité par la magie de vos projets philantropiques. Mais cette crédulité était respectable, parceque ce fut l'amour de l'Humanité qui la fit naître et qui la nourrit. Il n'est pas donné à tout le monde de se distinguer par le savoir et de démêler les sourdes menées de l'hypocrisie ; mais tout homme peut chérir ses semblables, peut aspirer à leur rendre tous les services dont il est capable. Qui balanceroit un instant s'il lui fallait choisir entre le sort d'un homme qui se laisse duper par philantropie, et celui du fourbe qui se prévaut de ce sentiment généreux dans autrui pour s'approprier les sacrifices offerts au bien des humains? Pour moi, quand le monde entier voudrait me condamner, je n'en persisterais pas moins dans les mêmes sentiments : ma conscience se réfléchissant en Dieu notre juge serait ma consolation. Mais je ne ferai pas une telle injure à mon siècle que de croire que je ne dois pas joindre à ce bien son estime et son appui.

Je ne m'appesantirai pas de nouveau sur les preuves qui établissent la nature des sentiments qui m'ont toujours dirigé dans mes relations avec mon adversaire. J'en appelle à mon premier Mémoire. Tous ceux qui voudront se donner la peine de le lire avec l'attention que réclame une cause si étrange, ne seront pas embarrassés de prononcer. D'un côté ils verront un savant plongé dans la misère, affichant une vertu angélique, prétendant posséder des vérités nouvelles, voulant régénérer le monde par la publication de ses ouvrages; de l'autre, un homme riche, avide de savoir et désireux de concourir au bonheur de l'Humanité. Et si le dernier se dépouille de la plus grande partie de sa fortune pour enrichir l'autre, quelles relations doivent exister entre ces deux hommes? Pourra-t-on croire que l'ardeur d'accumuler des richesses transformera un négociant qui se retire du commerce en entrepreneur des veilles d'un savant presque inconnu, et dont les opinions, fussent-elles vraies, ont à combattre toutes les réputations établies par un savoir éminent? Non, les chances ne sont pas assez favorables pour qu'une pareille entreprise captive un spéculateur mercantile. Il n'envisagerait pas froidement et pendant plusieurs années la non-réussite plus que probable d'une telle entreprise, et certes il n'irait pas jusqu'à assurer une existence à celui qui l'aurait entraîné dans cette situation fâcheuse.

Je le déclare donc devant les hommes, je n'ai pas cru acheter des vérités, et encore moins recueillir des avantages pécuniers de leur débit. Le sieur Hoëné Wronski soutient qu'il me les a vendues; à la bonne heure. Mais en avait-il le droit? Abordons cette question importante, et disons ce que ma conscience me suggère.

Il est vrai que dans le cours de sa *Réponse* il cherche à esquiver une semblable explication en désignant sa marchandise tantôt sous le nom de connaissances nouvelles, tantôt sous celui de découvertes; ce sont des auxiliaires que sa dialectique se ménage. Mais son animosité et son orgueil fournissent dans sa *Réponse* même des preuves palpables de ce qu'il faut entendre par ces mots. Toutefois, tâchons de fixer d'abord leur valeur d'une manière précise.

On peut concevoir trois ordres de vérités auxquelles l'homme doit atteindre, et qui méritent de celui qui les comprend et les admet une appréciation relative au but vers lequel elles le dirigent. Dans le premier rang se placent les vérités primordiales, qui émanent immédiatement de la Divinité; elles ont pour but de dévoiler les mystères de la création, de l'existence de l'homme, ses destinées, et les moyens que lui fournissent pour les accomplir ses facultés, la société de ses semblables et le monde physique. Ces sublimes sujets de la méditation des sages ne s'acquièrent pas comme une propriété; ils exigent de l'homme qui veut pénétrer dans le sanctuaire qui les renferme des connaissances préliminaires étendues, un courage, une constance difficiles à rencontrer. Souvent les passions et les préjugés qui agissent à notre insu étouffent la voix de la vérité éternelle, ou font prendre aux vérités qu'on peut avoir saisies des formes et des couleurs qui défigurent leur beauté céleste. Dans cette région où l'imagination s'égare si aisément, on ne voit rien qui puisse nous avertir de l'erreur, ou de la possession complète de la vérité; ce qui équivaut presque à l'erreur, car une vérité majeure ignorée doit produire un vide immense dans le système universel. Aussi les philosophes ne sauraient donner leurs opinions pour des vérités incontestables. La Providence seule peut répandre des lumières sûres dans l'esprit d'un homme qu'elle destinerait à éclairer le monde. Voilà pourquoi la philosophie, qui est le plus bel apanage de l'Humanité, cherche à convaincre par la raison, repousse toute violence pour établir ses principes, et respecte les dogmes reçus par la foi.

Toutes les vérités qui tiennent à la cosmogonie, au but final de l'univers et de ses habitants, sont des vérités primordiales. Peut-on les découvrir par la méditation? Il faudrait être à cette hauteur pour le savoir, et je n'y suis pas. Mais l'incertitude à cet égard n'empêcherait

2

pas de pouvoir prononcer sur les devoirs de l'homme qui prétendrait les posséder. Quoi qu'il en soit, tous les vrais sages, toutes les religions qui ont existé et qui existent sur la surface de la Terre, nous proclament que l'homme est ici pour conquérir un bonheur éternel, et qu'il trouve le moyen de le mériter dans le sage exercice de ses facultés et dans les secours que lui fournit la Providence par le moyen du monde physique. De là découlent comme de source deux ordres de vérités sinon primordiales, du moins d'une éternité relative à l'homme et au monde.

Les vérités qui nous font connaître le nombre, l'énergie, le jeu et les produits des facultés de l'intelligence humaine, constituent le système complet des sciences métaphysiques, de la morale, de la sociabilité. Il n'est pas besoin de m'étendre pour démontrer que ces sciences dépendent de l'intelligence de l'homme, ni encore moins pour faire voir leur étroite connexion; je fais un mémoire et non un traité de philosophie. Il n'en faudrait pourtant pas conclure que ces développements sont déplacés; j'ai besoin de les établir pour me défendre.

Dans les vérités de ce second ordre, si nous en exceptons la morale, que de naufrages fameux nous avertissent de nous prémunir contre l'enthousiasme de ceux qui se glorifient d'y exceller, et veulent établir leurs systèmes soit métaphysiques, soit politiques? Cependant l'homme pouvant se recueillir à volonté pour sonder son intérieur et parvenir à la connaissance de soi-même si recommandée par l'oracle de Delphes, il semble que les vérités de cet ordre sont sous sa main. L'expérience du passé lui promet des secours, et les progrès de la civilisation attestent qu'il n'est pas toujours malheureux dans ses tentatives. Avec du courage et un cœur droit il peut aller loin.

Observons à cette occasion que les vérités morales qui appartiennent à ce second ordre sont d'une conception facile parceque la conscience est toujours là pour nous avertir de ce qui est bon et honnête, de ce qu'il faut rechercher ou fuir. Cette science, à laquelle tous les peuples rendent un hommage unanime, se propose d'établir l'harmonie dans nos facultés en maintenant, en dirigeant nos passions, et

de nous rendre aptes par le calme intérieur à découvrir les vérités de
la métaphysique et de la sociabilité. Quand nous lui laissons prendre
un empire parfait sur notre cœur, les nuages épais qu'élèvent l'égoïsme
et les préjugés sur l'horizon intellectuel, se dissipent insensiblement et
permettent aux rayons de la vérité de répandre dans l'âme sa clarté et
sa chaleur bienfaisantes. Je suis porté à la reconnaître comme le prin-
cipe vital des vérités qui composent le système complet des deux
sciences du même ordre. Si cette opinion est une erreur, elle eut des
partisans qui la rendent plausible. Pythagore la professait, et ses disciples ne pouvaient prétendre à des connaissances plus élevées avant de
fournir la carrière de la purification. Sans doute les lumières crois-
saient à proportion des progrès faits dans la vertu; mais la divulgation
des vérités du premier ordre n'était accordée qu'à ceux qui s'en étaient
rendus dignes et qui s'étaient rendus en même temps propres à les
concevoir par l'épuration de leur âme. Quel plus bel hommage peut-
on offrir à la vraie science que de la rendre dépendante des vertus?
— Si je suis ce que dit le sieur Hoëné Wronski, et qu'il m'ait commu-
niqué des vérités primordiales, où serait son excuse? Mais nous revien-
drons à lui bientôt.

Les vérités qui nous initient aux lois universelles par lesquelles le
monde physique est régi embrassent, quant à sa forme, les sciences
mathématiques, et quant à son essence, la mécanique, la chimie, et
tout ce qui découle de ces sciences mères, dont les faits se manifestent
dans l'histoire naturelle. Abstraction faite de leur application, ces vérités sont universelles, et doivent fournir à l'homme toujours de nouveaux sujets d'admiration pour l'Être suprême. Leur utilité dans l'éco-
nomie physique s'étend à un si grand nombre d'objets précieux pour
nos besoins, que l'homme toujours avide de jouir, les cultive avec
ardeur plus pour en recueillir les avantages passagers qu'elles sont
chargées de nous procurer, que pour en recevoir la connaissance de
la sagesse, de la grandeur, de la bonté divine. C'est sans doute pour
cela que Platon alla jusqu'à reprocher à Architas et à Eudoxe d'avilir
la dignité des mathématiques, parcequ'ils faisaient descendre la géo-

métrie des régions intellectuelles pour fournir des preuves de son ex-
cellence par l'invention des machines *. Platon voulait que l'amour pour
la science fût dégagé de tout vil intérêt. Cependant la société reçoit
trop de services des sciences appliquées pour qu'on partage pleine-
ment le courroux du fondateur de l'Académie, et pour qu'on n'ap-
plaudisse par à ces jeux fructueux du savoir : les sciences furent en
partie données pour adoucir le sort de l'homme sur la Terre. Les savants qui possèdent les vérités primordiales de cet ordre, doivent les
faire fructifier en les appliquant à nos besoins; ils recevront le prix de
leurs bienfaits dans les jouissances des biens que ce monde peut leur
donner en échange, et sur-tout dans l'estime et la reconnaissance de
leurs semblables. Il suffit pour la dignité de la science de ne pas con-
fondre les vérités qui la constituent telle, et inaccessible aux sens, des
résultats physiques qu'elle fournit et qui la font rechercher du vulgaire
intéressé. C'est ce que les deux philosophes réprimandés par Platon
s'empressèrent d'exécuter en séparant la géométrie pure de la géométrie
appliquée.

Maintenant nous pouvons fixer ce qu'il faut entendre par *découvertes*, par *connaissances nouvelles*. Quoique les lois éternelles sur
lesquelles reposent les sciences et les arts existent indépendamment de
la volonté de l'homme, elles auraient resté comme un germe infécond
pour nous, si nos besoins ne nous eussent poussé à les découvrir. Ce
sont ces besoins qui nous contraignent d'étudier les propriétés des
choses qui leur sont relatives, d'augmenter nos richesses en secondant
la nature dans ses productions, en nous emparant de ses forces et de ses
procédés pour rivaliser avec elle. C'est ainsi, pour prendre un exemple
familier, que l'homme, ayant observé et calculé les propriétés de l'eau
et la force des vents, parvint à franchir les mers sur de pesants vais-
seaux, inventa des moulins de tous genres, et applique tous les jours
à des opérations industrielles ces deux puissants moteurs. Toutes les
forces vives de la nature dont on découvre les lois sont susceptibles

---

* Voyez Plut. *de vitâ Marcel.*

d'être utilisées de cette manière. Les savants qui méditent sur les développements qu'elles sont capables de recevoir, et qui, en combinant ou en employant séparément les lois connues de la nature parviennent à obtenir des résultats nouveaux et utiles font des *découvertes*. La valeur de ces découvertes est relative aux avantages qu'elles promettent, et doit s'évaluer par eux.

Il y a un genre de découvertes plus relevées, et qui méritent par leur importance le nom de *nouvelles connaissances*. Ce sont celles qui découvrent les lois de la nature jusqu'alors ignorées, et qui, en dévoilant l'immense sphère d'activité où une certaine propriété connue se déploie, étendent le domaine de la science et font présager la connaissance de certains phénomènes dont on ne pouvait savoir la cause. Telles sont les découvertes de l'Électricité, du Galvanisme, de la Vaccine. Si ceux qui sont assez heureux pour voir leurs observations couronnés d'un pareil résultat ne se contentaient pas de la gloire et du plaisir d'avancer la science, ils trouveraient peut-être des gens qui leur achèteraient ces deux biens pour de l'argent. C'est un si doux bonheur d'attacher son nom à une découverte qui le porterait à la postérité couvert de bénédiction! Mais le savant qui consentirait à un tel sacrifice ne serait-il pas une âme vile? La vanité de l'acheteur serait moins blâmable. Mais si, se réservant la gloire de sa découverte, ce savant apercevait des applications possibles du nouvel agent de la nature, et qu'il voulût vendre ses résultats, il pourrait sans aucune répugnance faire un semblable marché. Ceux qui trafiquent ainsi avec les faiseurs de découvertes courent tous les risques qui sont fort nombreux. Aussi les lois se reposent-elles sur leur bonne foi, dans l'appréciation qu'ils font des découvertes nouvelles. Car tout leur prix résidant dans le secret, comment pourraient-elles exiger par des tiers une estimation qui enlèverait avec le secret la valeur de la découverte? Celui qui spécule sur les découvertes pour s'enrichir est entre deux écueils : il peut se confier à des gens sans délicatesse à qui il demande des avances; s'il attend trop long-temps, un autre peut le devancer; car les lois de la nature, qui sont aussi des vérités, existent et agissent indépendamment de lui, et il ne les a pas dans sa main pour les cacher à tous les yeux.

Le sieur Hoëné Wronski m'a-t-il vendu des vérités de cet ordre? Non; les connaissances qu'il m'a communiquées, vraies ou fausses, sont toutes des deux ordres supérieurs. Pouvons-nous les soumettre à une évaluation pécuniaire? Ce ne seraient sans doute ni Platon, ni les deux mathématiciens qu'il accusait d'avilir la science, qui auraient proposé une pareille question. Mais le sieur Hoëné Wronski trouve tout simple d'établir son système de spoliation sur une vente de vérités éternelles qu'il m'a faite à mon insu.

Voici ce que j'ai à répondre. L'on ne peut vendre que ses propriétés. Qu'est-ce que la propriété? C'est la possession légitime et l'usage exclusif d'une chose déterminée dont on ne peut partager les avantages sans les affaiblir. Les vérités éternelles entrent-elles dans la cathégorie des choses qui reçoivent l'application de la définition précédente? Quoi! si tous les hommes venaient à connaître et à pratiquer les vérités morales afin d'en recueillir les doux fruits, le sage d'aujourd'hui en sentirait-il diminuer ses jouissances? Donc les vérités de la morale ne sont pas de nature à constituer la propriété; elles sont bien plus que l'air communes à tous. Il suffit de vouloir les observer pour en goûter les douceurs. Le sieur Hoëné Wronski prétend-il m'avoir vendu des vérités du premier ordre? J'ajouterai à la première observation les suivantes. Dans cette région l'on prend souvent des imaginations pour des vérités. Or les découvertes que vous soutenez m'avoir vendues sont des vérités ou des erreurs. Si ce sont des erreurs, et que vous le sachiez, vous méritez le titre de fourbe, et de fripon, car vous faites un trafic honteux de l'erreur; si vous ne le savez pas, vous n'êtes qu'un ignorant et un charlatan. Si j'avais été assez faible pour acheter votre marchandise, j'aurais été une dupe qui devrais perdre mon argent, parceque l'erreur est vénale. Si ce sont des vérités, quel nom faut-il employer pour faire comprendre toute l'indignité de votre conduite? Car où les avez-vous prises ces vérités, pour vous en constituer le propriétaire naturel, et pour les vendre à votre profit? La Providence n'aurait pu vous les laisser découvrir ou vous les confier que pour instruire les hommes, se chargeant elle-même de vous procurer les moyens d'accomplir sa volonté. Vouliez-vous la prévenir en faisant naître les circonstances? Mais dans ce cas, vous éleviez votre prudence au-dessus de sa sagesse infinie. Alléguerez-vous, pour vous disculper de votre trafic honteux, que vous vouliez vous affranchir des coups de la fortune en me vendant des vérités que vous aviez en dépôt? Les disciples de Jésus auraient dû vous apprendre votre devoir. Pauvres, ignorant s'ils auraient du pain le jour suivant, ils repoussèrent avec une sainte indignation les offres de Simon qui voulait acheter les dons du Saint-Esprit. La postérité a donné le nom de simoniaques à tous ceux qui ont été assez insensés, assez téméraires pour trafiquer des choses saintes; et vous osez proclamer que vous me les avez vendues! Peut-on concevoir une avarice plus sordide, une profanation plus infâme? Et c'est vous qui osez me taxer de satanisme, qui osez me dévouer aux furies infernales, qui osez répandre des malédictions sur toute ma race? La Providence est juste, et la colère de l'homme n'accomplit pas les décrets de sa justice.

Si vous les avez acquises, ces vérités, en marchant sur les pas des sages de l'antiquité, que n'avez-vous imité leur exemple? Vous auriez vu Socrate travaillant de ses mains afin de répandre gratuitement la vérité; Anaxagore se décidant à quitter la vie plutôt que de descendre à solliciter de son disciple des moyens d'existence. Qu'ai-je besoin de poursuivre? Chacun trouvera aisément d'illustres exemples qui vous condamnent. Dans ces temps reculés où les lois contre la violation des mystères étaient en vigueur, l'hiérophante vous aurait condamné comme un profane avaricieux, infâme; il vous aurait voué à l'exécration des hommes et des dieux.

Vous dites dans une note : « Heureusement il paraît impossible « que de grandes découvertes, sur-tout de grandes découvertes philo- « sophiques, sortent d'une âme corrompue. » C'est la croyance peut-être trop grande à cette opinion qui m'a si long-temps enchaîné à votre char; mais, si cette opinion est vraie, vos découvertes méritent un examen sérieux pour distinguer le vrai du faux ; et c'est ce que je ferai à l'égard de celles que j'ai pu retenir. Le devoir m'y force. Si elles sont fausses, je les rejeterai avec dédain ; si elles sont vraies, je m'en regarderai comme dépositaire accidentel, et je m'abstiendrai d'en faire usage à mon profit, jusqu'à ce que je les aie acquises par les moyens qui en rendent l'usage saint et légitime. En agir autrement, ce serait recueillir des fruits de votre vol, et je n'y veux pas avoir part.

D'après ces considérations, je pourrais consciencieusement répondre à votre question page 41 de votre Mémoire. Prêt à prononcer ce mot qui me rétablirait dans la tranquille jouissance de mon bien, je m'arrête ; l'amour de l'Humanité m'a fait prendre la résolution de vous signaler aux hommes. Je vous connais ; vous vous êtes méconnu..... Mais je veux vous ménager. Je ne serai pas l'organe qui prononcera contre vous, à moins que vous refusiez de souscrire à la proposition que va me dicter la justice.

Il n'y a pas de tribunaux humains qui puisse prononcer sur cette question : EST-IL PERMIS DE VENDRE DES VÉRITÉS PRIMORDIALES, INTELLIGIBLES, ÉTERNELLES? Vous desirez convaincre le public de votre innocence en déversant sur moi tout l'odieux des procédés dont j'ai été cinq ans la victime, et de votre moralité dans la poursuite que vous m'avez intentée ; eh bien! je vais vous en offrir les moyens. Choisissons chacun de notre côté un arbitre parmi les hommes instruits sur ces matières qui se trouvent dans la Capitale. Ils discuteront la question que je viens de présenter ; quelle que soit leur décision, je m'y soumettrai. S'ils sont partagés de sentiment, ils appelleront un troisième savant de leur choix qui rompra l'équilibre. Leurs débats et leur décision étant publiés, le public, qui se reposera sur leurs lumières et leur probité, couronnera leurs travaux de ses suffrages, et apprendra à fixer une vérité morale de plus. Pour rendre la justification de l'un ou de l'autre plus éclatante, nous soumettrons, si vous voulez, au jugement de ces mêmes arbitres (en supposant qu'ils déclarent la validité de votre vente) la moralité de nos transactions respectives. Par ce moyen, nous épargnerons au public le dégoût, et même le scandale des détails d'intérêt qui ne doivent point l'occuper, parcequ'ils n'intéressent que nous deux. Les arbitres publieront aussi leur sentence, et l'innocent sortira victorieux de ce combat et pur de toute inculpation odieuse. La honte sera à qui elle appartient.

Répondrez-vous que vous ne connaissez pas de savants qui puissent s'établir justes appréciateurs de la question que je vous propose de leur soumettre? Cela serait trop fort; car l'on vous dirait qu'il ne s'agit pas ici de savoir si vous avez découvert des vérités éternelles, mais si elles peuvent recevoir une appréciation pécuniaire. Il suffit de connaître celles qui obtiennent la croyance publique, et d'en avoir approfondi la dignité, pour en sentir la valeur; or que de savants de ce genre la seule capitale de la France ne vous offre-t-elle pas? M. Benjamin de Constant a commencé un cours qui fait comprendre qu'il joint à ses titres de publiciste distingué des connaissances étendues sur les vérités philosophiques et religieuses; M. Degerando a donné des preuves de son savoir dans son Histoire comparée des systèmes de philosophie; M. Fabre-d'Olivet déploie des moyens et une érudition immenses sur les principes des anciens philosophes dans ses Commentaires sur les vers dorés de Pythagore, et dans sa restitution de la langue hébraïque; M. Royer-Colard; M. de Bonald; M. Azaïs, * et tant d'autres que je pourrais citer ne vous fournissent-ils pas assez de garantie pour prononcer sur cette question qui nous divise? Ils sont à la tête de l'opinion, et leurs mérites personnels les en rendent les dignes représentants. Faites donc un choix parmi ces hommes qu'une

---

* Je prie ces Messieurs de me pardonner d'avoir produit leurs noms en public avant d'obtenir leur aveu; j'ai cru qu'ils ne s'offenseraient pas de ma hardiesse, puisque c'est en me reposant sur le résultat présumé de leurs ouvrages que j'ai osé espérer qu'ils répondraient à l'appel que je leur fais. Le but constant de leurs travaux est de défendre la morale et de propager les principes de la philosophie; ma cause se tient étroitement liée à ces deux sciences protectrices de l'Humanité: ils doivent donc me couvrir de leur bouclier pour l'amour de ces objets respectables de leur culte.

juste célébrité vous signale, et dans les mains desquels je remettrai indifféremment mes droits, certain comme je le suis qu'ils ne consulteront que la justice et l'amour de l'Humanité. Que les voies publiques m'instruisent de celui que vous aurez nommé; et je déclarerai alors le nom du mien. Jusqu'à ce que vous ayez accepté l'arbitrage, je crois inutile de me déclarer à ce sujet. J'attends votre réponse.